AF585855

ÉPITRE

AU TROIS POUR CENT.

ÉPITRE

AU

TROIS POUR CENT;

Par C...... D.........

Paris,

CHEZ TOUS LES LIBRAIRES DU PALAIS-ROYAL.

1825.

ÉPITRE

AU TROIS POUR CENT.

GRAND TROIS, enfant gâté d'un siècle qui t'honore,
Accomplis tes destins! Du couchant à l'aurore,
Caressé par la gloire, abhorré du rentier,
Que ton nom répété coure le monde entier!
Inexplicable Sphinx, mystérieux problême,
Qu'ignore le marron, que l'émigré blasphême,
Par de nouveaux bienfaits réponds à ces pervers!
Fais voler tes coupons au bout de l'Univers!
D'un pas inaperçu, va, poursuis ta victoire,
Et même en reculant avance vers la gloire!

Je ne redirai pas, Pythagore à la main,
Comment du sein des temps tu sortis un matin;
Ni comment, parmi nous, prodige de nature,
Tu fus grand en naissant; ni comment ta stature,
D'un précoce déclin reconnaissant les lois,
Lorsque l'on te sevra, s'abaissa de trois doigts (1).
Tu n'es semblable à rien : ton sort n'est point vulgaire.
Es-tu même bien sur d'être fils de ton père?
Car tu viens de plus loin : le paternel cerveau
Ne fut qu'un pied à terre où tu mis ton berceau.

Mais déjà pour toi seul tout se meut dans le monde!
On dit même qu'un jour, de sa clarté féconde
Le soleil *converti* réduisant tous les feux,
De rayons TROIS pour cent chauffera nos neveux!
Hélas! nous sommes loin de ces temps de miracles!
Combien jusques alors tu trouveras d'obstacles!
Mais tes combats futurs sont de futurs lauriers.
Sans le bruit du canon, sans le choc des guerriers,

---

(1) On sait que le 10 août dernier, le trois pour cent tomba de 75 à 72, malgré la nouvelle, placardée à la Bourse, de l'émancipation de Saint-Domingue.

Tu vaincras... et déjà bien plus d'une victoire
De ton règne avenir prophétise la gloire.

Regarde autour de toi : tes plus fiers ennemis
Devant ton *cours* vainqueur baissent un front soumis.
Le rentier, spéculant sur ta feinte détresse,
Achète en murmurant ton coupon à la baisse ;
Et sur le *Moniteur*, qu'en baillant il a lu,
Il s'endort en colère, et s'éveille vaincu.
Déjà le cinq pour cent que ton triomphe oppresse,
Devant ta jeune ardeur recule de vieillesse.
Mais tout près de mourir, ce vieux consolidé,
Se hausse encor d'orgueil, après t'avoir cédé.

Vois comme autour de toi tout s'émeut, tout s'agite !
Pour toi de huit journaux la horde parasite,
Colportant le mensonge à quelques francs le cent,
Ment et jure par ordre, et blasphême au comptant.
Quel prodige! pour toi la *Gazette* vieillie
S'est, pour mentir encore, un instant rajeunie ;
Le *Pilote* amphibie, et le lourd *Moniteur*,

L'Etoile, qu'au village attend le percepteur,
Le *Journal de Paris*, qu'aucun lecteur n'affronte,
Rament au même banc, boivent la même honte;
Et devant le public, ainsi que des acteurs,
Sont payés pour se battre et chanter dans les chœurs.

Ce n'est pas tout encor : témoins d'autres merveilles,
A peine en croyons-nous nos yeux et nos oreilles.
En vain Boileau nous dit, en style très correct :
Cinq et quatre font neuf; ôtez deux, reste sept!
S'il vivait de nos jours, qu'il faudrait en rabattre!
Il dirait avec nous, *que deux et trois font quatre*;
Oubliant Apollon, il laisserait, je crois,
Son *Lutrin* commencé pour acheter du TROIS.

. . . .

De ce coup imprévu, dans sa sotte furie,
L'usurier Bonardin bien vainement me crie :
« Quoi! l'intérêt à quatre! il est plutôt à vingt!
» Voyez mon portefeuille!... adieu donc, pauvre cinq!»
Tandis qu'il m'assourdit de sa folle éloquence,
Je sens que de ce quatre éprouvant l'influence,

Sous ma plume mon vers se plaint d'être trop long.
Qu'on le dise en hébreu, qu'on le dise en gascon;
Oui, tout est bien à quatre! et le rentier lui-même,
Qui sur cinq jours comptés, fait un jour de carême,
Sent mieux encore à jeun la triste vérité.
Tenons-le enfin pour dit. Que d'un air éventé
Un fat, en politique écolier très-novice,
D'une vaine épigramme épuisant la malice,
Vienne encore objecter le surcroit d'un millard (2)!
Je réponds pour de TROIS : il n'en doit pas un liard!
La France d'aujourd'hui n'est pas pour lui la France.
Il est comme la gloire, il vit en espérance.
Pour un bonheur futur il travaille en secret :
Et nos petits neveux baiseront son portrait.
Que nous fait maintenant qu'on nous mette à la baisse!
Le présent meurt de faim..! mais l'avenir engraisse.

Mais c'est peu toutefois, qu'en tes premiers essais,

---

(2) La loi du 1er. mai 1825, en diminuant l'intérêt des créanciers de l'État d'un cinquième, augmente d'une manière énorme le capital de la dette publique.

Tu forces tes rivaux à chanter tes succès,
Et que vainqueur du cinq au bord de ta carrière,
De son sceptre brisé tu foules la poussière;
Roi d'un monde vieilli, vers un monde nouveau
Tu pars en conquérant, précédé de Makau.
Tu veux qu'à l'avenir, exempt de l'esclavage,
Saint-Domingue nous doive au moins l'agiotage.
Déjà notre frégate, armant ses pistolets,
Crie aux Haïtiens : « Acceptez-vous la paix
» Et le TROIS, ou la mort?...» Mais quoi! sous ton auspice,
La savane soudain se transforme en coulisse,
Le noir devient marron, le colon, coulissier;
Et pour tout dire enfin, le président Boyer,
De tout bonheur public te proclamant la source,
Propose, en plein sénat d'ériger une Bourse;
Il veut qu'un télégraphe, embelli d'un bonnet,
Pour l'honneur d'Haïti couronne son sommet,
Et que le *cours du jour*, en mesurant l'année,
Soit le seul calendrier de l'île fortunée.
Ainsi dans Saint-Domingue on croirait voir Paris.
De l'instrument bursal le président épris,

Voudrait déjà pouvoir presser sa manivelle.
D'une main en secret que dirige Villèle,
Pour mieux nous le devoir il emprunte notre or.
Qu'en aurions-nous besoin! la Bourse est un trésor!
Nous l'avons... D'enseigner un peuple encor novice
L'honneur, ma foi, vaut bien un petit sacrifice.
Enseignons-lui le TROIS : un million par cachet,
Ce n'est pas trop. D'ailleurs, si point il ne payait,
Dans ce porteur du TROIS, en peuple débonnaire,
Au lieu d'un débiteur nous ne verrions qu'un frère.

Mais quoi! pour cimenter cet accord solennel,
De Makau sur la joue un baiser fraternel
A déjà retenti de l'un à l'autre monde.
Un banquet est dressé : s'enivrant à la ronde
Et les noirs et les blancs, pêle-mêle étendus,
En dépit de Noë se trouvent confondus.
Le bonnet libéral et la cocarde blanche,
Trinquent à qui mieux mieux ; tel un jour de dimanche,
On voit, devers Paris, maint couple improvisé.
Pour clorre le festin, enfin d'un air aisé

Dansant avec Boyer, la belle et noble France,
Dans un quadrille noir fait une contredanse.

Mais qu'avons-nous besoin, par-delà l'équateur
De chercher tes succès : en paisible vainqueur
Tu règnes sur nos bords ; sur l'empire d'Éole
Chappe étend ton pouvoir ; moderne Capitole,
La Bourse est comme un temple à ta gloire élevé,
Et qui peut au besoin par l'oie être sauvé (3).
Pour toi, l'honneur chez nous, n'est plus qu'une cassette,
La France un tapis vert, la gloire une roulette ;
Pour toi, noble courtier, le faubourg Saint-Germain
Accourt pour t'escompter dans le quartier d'Antin ;
Pour toi, la conscience est mise en industrie,
Et le crédit public n'est qu'une loterie.
Qui sait, de l'agiot s'accroissant la fureur,
Si nous ne lirons pas, au dos du *Moniteur :*
« Que pour jouer un jeu, qu'un ministre seconde,
« Nous avons tous été créés et mis au monde. »

---

(3) C'est un point historique depuis long-temps hors de discussion, que la république romaine a dû une fois son salut aux oies sacrées, que l'on élevait dans l'enceinte du Capitole.

Peut-être même un jour, lorsque nos TROIS pour cent
Auront franchi le *pair*, de leur charme puissant
De peur d'être distraits, à des peuples vulgaires
Abandonnant le soin d'ensemencer les terres,
De presser le raisin, de couper les moissons,
De consulter Lansberg sur le cours des saisons;
Éclairés par le Gaz, guidés par le *Pilote* (4),
D'un siècle *fin courant* nous suivrons la marotte :
Vêtus de draps trois quarts, qu'aurait tissu Ternaux,
Et du matin au soir doublant nos capitaux,
Nous vivrions dans la hausse et mourrions dans la baisse;
Nous cesserions enfin de tourmenter la presse;
Nous n'écouterions plus ni Foy ni Casimir;
Et nous mourrions contens, si d'un dernier soupir,
Qu'un journal traduirait en paroles sublimes,
Nous faisions graviter le TROIS de cinq centimes.

Je n'ai point jusqu'ici, dans mes vers trop discrets,

---

(4) On sait que le *Pilote* a eu l'heureuse idée de publier chaque soir un *bulletin de la bourse*, qu'on peut appeler le fanal des rentiers, et qui ne contribue pas peu à soutenir le crédit public.

Révélé le plus grand de tes nombreux hauts-faits.
C'est peu pour toi d'avoir dans un savant problême,
Fait délirer Bezout et remontré Barême;
Tu veux passer d'abord pour fils reconnaissant.
Pour mériter ce nom, tu parus, en naissant,
Comme un enfant bien né soutenir ton vieux père.
Du crédit chancelant grotesque Bélisaire,
Aussi l'avons-nous vu, sur un ton nazillard,
Demander par ta main l'aumône d'un millard.
Il a tout fait pour toi! le syndicat, la banque,
Racontent ses travaux; afin que rien n'y manque,
Il ôte à ton rival son unique aliment.
Et pourtant le cinq vit!... ce mauvais garnement (5),
N'ayant rien à manger se nourrit de sa rage,
Dévore son dépit... en attendant, je gage,
Que l'amortissement comme un fidèle ami,
Sur un permis d'Houzel (6), revienne enfin vers lui (7).

---

(5) Tout le monde sait que, par l'effet de la nouvelle loi, l'action de l'amortissement a abandonné le cinq pour cent, depuis le 5 août dernier, pour se porter sur le trois.

(6) M. Houzel, directeur de la dette inscrite.

(7) La caisse d'amortissement emploie chaque jour deux cent cin-

C'est en vain : il mourra ! j'en jure par Villèle,
J'en jure des Syndics par la bande immortelle !
J'en jure par le blanc, j'en jure par le noir !
Mais que sur son tombeau cinq chiffres en sautoir,
Disent à l'avenir la lutte mémorable,
Qui pour champ de combat eut souvent une table.
Que cet exemple enfin apprenne à tout venant,
Que lorsqu'on est réduit, on n'en est que plus grand.

---

quante mille francs, au rachat des rentes. Comme les rachats du cinq devraient recommencer quand ce fond serait audessous du pair, et qu'il est en effet descendu depuis quelque temps à 99, on espérait que l'amortissement viendrait au secours du cinq : il n'est donc pas étonnant que le cinq, qui dit-on se connaît assez en finances, ait conçu cet espoir.

IMPRIMERIE DE CHASSAIGNON, RUE GIT-LE-COEUR, N°. 7.

www.ingramcontent.com/pod-product-compliance
Lightning Source LLC
LaVergne TN
LVHW012027170826
845678LV00004BA/1656

* 9 7 8 2 3 2 9 6 2 5 3 5 5 *